Gilgamesch

Gilgamesch

Die älteste Heldenreise in der Geschichte der Menschheit.

Gesammelt und aufgeschrieben von Mona Rhodan

Capt. Swings
geheime Bibliothek

Bibliografische Information der Deutschen Nationalbibliothek Die Deutsche Nationalbibliothek verzeichnet diese Publikation in der Deutschen Nationalbibliografie; detaillierte bibliografische Daten sind im Internet über www.dnb.de abrufbar.

© 2025 by Melanie Koßmann
Verlag: BoD · Books on Demand GmbH,
Überseering 33, 22297 Hamburg, bod@bod.de
Druck: Libri Plureos GmbH, Friedensallee 273, 22763 Hamburg
ISBN: 978-3-8192-2762-2
Gestaltung: Yürgen Oster

Inhalt

6

Vorwort

Ganz einfach: Ich wollte das Gilgamesch-Epos lesen. Es gilt als die älteste überlieferte Heldenreise der Menschheit. Der Ursprung des Textes, in Keilschrift auf Tontafeln geritzt, liegt rund 4000 bis 5000 Jahre zurück.

Eine einheitliche Version gibt es nicht. Das Epos hat sich nur in Fragmenten erhalten – verstreut über verschiedene Funde, Sprachen und Zeiten. Wer es lesen will, stößt auf wirre Sätze, endlose Wiederholungen, abgehackte oder sinnlose Satzkonstruktionen: der Versuch, Keilschrift Wort für Wort zu übertragen. Das klingt dann etwa so, als würde man aus dem Spanischen „Me gustaría una copa de vino" übersetzen mit: „Mir würde schmecken ein Kelch des Weines" – statt einfach: „Ich hätte gerne ein Glas Wein."

Also habe ich gesucht. Ich habe tief gegraben in den Regalen und Stapeln von Capt. Swings geheimer Bibliothek, Übersetzungen in mehreren Sprachen durchforstet und das Wesentliche herausgesucht – um es in ein klares, heutiges Deutsch zu bringen. Den letzten Feinschliff, das sei offen zugegeben, hat die KI übernommen.

Nicht alles ist enthalten, was auf den Tafeln geschrieben steht. Ich habe Wiederholungen reduziert, Fragwürdiges ausgelassen – aber nichts erfunden.

Ich wollte das Gilgamesch-Epos lesen.
Hier ist es.

Tafel 1
Vorstellung der Helden

Ich will von dem berichten, der alles gesehen hat, der das Wissen aller Dinge kennt. Er hat die verborgensten Dinge erfahren, Geheimnisse aufgedeckt, Einsicht in das erhalten, was vor der Flut war. Anu gewährte ihm das umfassende Verständnis der Welt.

Er reiste weit, bis ihn die Müdigkeit überwältigte, doch schließlich fand er Ruhe. Alles, was ihm widerfuhr, meißelte er in eine Steintafel. Er baute die Mauern von Puerto Uruk, die Schutzmauer rund um das heilige Eanna-Heiligtum – ein Werk wie kein anderes.

Schau dir die Mauer an – ihre Friese glänzen wie Bronze. Betrachte das Fundament: kein anderes Bauwerk ist damit vergleichbar! Nimm den Schwellenstein zur Hand – er stammt aus einer uralten Zeit! Geh zum Eanna-Tempel, dem Wohnsitz der Göttin Ishtar – ein Bauwerk, wie es kein Mensch nach ihm je errichtet hat!

Steig auf die Mauer von Puerto Uruk und umrunde sie. Untersuche ihr Fundament, prüfe das Mauerwerk sorgfältig. Sind es nicht gebrannte Ziegel, aus denen der Kern des Baus besteht? Haben nicht die Sieben Weisen selbst seine Pläne entworfen?

Drei Sar (je 1 Sar ≈ 1,8 km) misst die Stadt: ein Sar für das Stadtgebiet, ein Sar für die Palmengärten, ein Sar für das Ackerland. Dazu kommen die Bezirke um den Tempel

Ishtars – insgesamt drei Sar, die die Mauer von Puerto Uruk umschließt.

Finde die Kiste aus Kupfer, öffne ihr bronzenes Schloss und löse die geheime Verriegelung. Nimm die Tafeln aus Lapislazuli heraus und lies, was dort geschrieben steht: die Mühen, die Gilgamesch durchlebte.

Er überragte alle Könige – ein Held, aus Puerto Uruk stammend, gleich einem wilden Stier. Er ging allen voran und beschützte seine Gefährten von hinten. Wie ein Netz umschloss er sein Volk. Eine wütende Flutwelle war er, fähig, sogar Mauern aus Stein zu zerstören.

Er war der Sohn von Lugalbanda, stark bis zur Vollkommenheit, geboren von Rimat-Ninsun, einer heiligen Kuh – ehrfurchtgebietend bis zur Vollkommenheit. Er war es, der die Gebirgspässe öffnete, der Brunnen an den Flanken der Berge aushob.

Er war es, der das Meer überquerte, der die Welt bis zur aufgehenden Sonne bereiste, auf der Suche nach dem Leben. Er war es, der aus eigener Kraft zu Utnapischtim, dem Fernen, gelangte und die zerstörten Heiligtümer nach der großen Flut wiederherstellte – zum Wohle der Menschheit.

Wer kann sich mit ihm an Königswürde messen? Wer kann wie er sagen: „Ich bin König"? Schon bei seiner Geburt erhielt er den Namen Gilgamesch. Er ist zu zwei Dritteln Gott, zu einem Drittel Mensch.

Die große Göttin Aruru schuf ihn: sie gestaltete seinen Körper und vollendete seine Gestalt. Schön war er – der schönste aller Menschen. Vollkommen.

Wie ein wilder Stier zeigt er seine Macht, erhebt seinen Kopf über alle anderen. Es gibt keinen Rivalen, der es wagt, sich mit seinen Waffen gegen ihn zu erheben. Seine Gefährten stehen bereit, wartend auf seine Befehle. Und doch zittern die Männer von Puerto Uruk.

Gilgamesch lässt keinen Sohn bei seinem Vater. Tag und Nacht ist er überheblich. Ist Gilgamesch der Hirte von Puerto Uruk? Ein Hirte sollte fürsorglich sein, aber er handelt kühn, herrisch, allwissend – und die Menschen leiden.

Gilgamesch nimmt jeder Mutter die Tochter, egal ob es die Tochter eines Kriegers ist oder die Braut eines jungen Mannes. Immer wieder erhoben sie ihre Klage zu den Göttern:
„Du hast, Anu, einen wilden Stier erschaffen, einen, der seinen Kopf zu hoch trägt. Niemand ist ihm gewachsen. Seine Gefährten stehen bereit, hörig seinen Befehlen. Er nimmt dem Vater den Sohn. Tag und Nacht ist er voll Hochmut. Er ist der Hirte von Puerto Uruks – aber was für einer? Selbst der Mutter entreißt er das Mädchen!"

Da hörte Anu ihr Klagen und wandte sich an Aruru:
„Du hast ihn erschaffen, Aruru. Nun erschaffe ihm einen Ebenbürtigen. Jemanden, der seinem stürmischen Herzen gleicht. Lass ihn mit ihm wetteifern, damit Puerto Uruk Frieden findet."

Als Aruru dies hörte, erschuf sie nach dem Wort Anus eine Gestalt. Sie wusch sich die Hände, nahm Ton, warf ihn in die Wildnis – und aus der Stille des Landes formte sie Enkidu.

Er war mit Haar bedeckt, sein langes Haar glich dem einer Frau. Seine Locken waren üppig, wie bei der Getreidegöttin Aschnan. Er kannte keine Menschen, keine Städte. Wie der Weidegott Sumukan trug er einfache Gewänder. Er aß Gras mit den Gazellen, trank mit den Tieren an der Wasserstelle. Wie ein Tier löschte er seinen Durst.

Ein Fallensteller begegnete ihm an der Tränke. Drei Tage lang sah er ihn dort, immer wieder. Doch als er ihn ansah, erstarrte er vor Angst. Enkidu und die Tiere zogen sich zurück.

Der Fallensteller lief zu seinem Vater: „Ein Mann ist aus dem Gebirge gekommen – stärker als alle, seine Kraft wie die Mauer Anus! Er gräbt meine Gruben zu, zerstört meine Fallen und befreit die Tiere. Ich kann nicht mehr jagen!"

Sein Vater riet ihm: „In Puerto Uruk lebt Gilgamesch – stärker als jeder. Geh zu ihm. Er wird dir eine Tempelhure geben. Sie wird diesen Wilden bändigen. Wenn die Tiere zur Tränke kommen, soll sie sich entblößen. Wenn er sie sieht, wird er sich ihr nähern – und seine Tiere werden ihn verlassen."

Der Fallensteller ging nach Puerto Uruk und schilderte Gilgamesch das Problem. Gilgamesch gab ihm Shamhat mit auf den Weg.

Sie warteten an der Wasserstelle. Zwei Tage lang. Dann kam Enkidu, trank mit den Tieren. Da sagte der Fallensteller: „Das ist er, Shamhat! Entblöße dich – zeig dich ihm. Gib dich ihm hin. Er wird zu dir kommen und deine Lust genießen. Die Tiere werden im fremd sein wenn er über dich stöhnt."

Shamhat tat, wie ihr geheißen. Sie breitete ihr Gewand aus, öffnete ihren Busen und zeigte sich ihm in ihrer Schönheit– und Enkidu näherte sich. Sie nahm seine Wollust in sich auf, hielt sich in Nichts zurück. Sechs Tage und sieben Nächte lang blieb Enkidu erregt und verkehrte mit der Priesterin, bis er von ihren Reizen gesättigt war.

Danach wandte sich Enkidu wieder den Tieren zu. Doch die Gazellen flohen. Er war nicht mehr einer von ihnen. Seine Knie waren schwer, sein Gang anders. Er war schwach. Doch sein Verstand war erwacht, er richtete sich auf und kehrte zu Shamhat zurück.

Sie sagte: „Du bist schön, wie ein Gott. Warum lebst du wie ein Tier? Komm, ich bringe dich nach Puerto Uruk, in den heiligen Tempel, die Residenz von Anu und Ischtar, den Ort Gilgameschs, der weise ist bis zur Vollkommenheit, aber der seine Macht über die Menschen ausübt wie ein wilder Stier."

Enkidu willigte ein. „Ich will ihn herausfordern. Ich werde rufen: ‚Ich bin der Stärkere!' Führe mich hinein, und ich werde die Ordnung der Dinge ändern; der Mächtigste ist der, der in der Wüste geboren ist!"

Shamhat sprach: "Komm, lass uns gehen, damit er dein Gesicht sieht.
Ich werde dich zu Gilgamesch führen - ich weiß, wo er sein wird. Sieh dich um, Enkidu, im Hafen der Uruks, wo die Leute in ihren Röcken herumlaufen, wo jeder Tag ein Festtag ist, wo Leier und Trommel ständig spielen, wo die Huren hübsch herumstehen, Wollust verströmen, voll Lachen, und auf dem Nachtlager die Laken ausgebreitet sind.

Enkidu, du, der du nicht weißt, wie du leben sollst, ich will dir Gilgamesch zeigen, einen Mann mit extremen Emotionen. Sieh ihn an, betrachte sein Gesicht - er ist ein schöner Jüngling, voller Frische. Sein ganzer Körper strahlt Wollust aus. Er hat mächtigere Kräfte als du, ohne Tag und Nacht zu schlafen!

Enkidu, es sind deine falschen Gedanken, die du ändern musst! Es ist Gilgamesch, den ich liebe, und Anu, Enlil und La haben seinen Geist erweitert."

Schon bevor du vom Berg kamst, hatte Gilgamesch in Puerto Uruk Träume von dir."

Gilgameschs Träume

Gilgamesch stand auf und sagte zu seiner Mutter: "Mutter, ich hatte letzte Nacht einen Traum.
Es erschienen Sterne am Himmel, und eine Art Meteorit von Anu fiel neben mich.

Ich versuchte, ihn anzuheben, aber er war zu mächtig für mich, ich versuchte, ihn umzudrehen, aber ich konnte ihn nicht bewegen. Das Land Uruk stand um ihn herum, das ganze Land hatte sich um ihn versammelt, das Volk drängte sich um ihn, die Menschen scharten sich um ihn und küssten seine Füße, als wäre er ein Neugeborenes. Ich liebte es und umarmte es wie eine Frau.
Ich legte es dir zu Füßen, und du ließest es mit mir wetteifern."

Die Mutter Gilgameschs, Rimat-Ninsun, die weise, allwissende, sprach zu Gilgamesch:

"Was die Sterne des Himmels betrifft, die erschienen sind, und den Meteoriten von Anu, der neben dich gefallen ist, so hast du versucht, ihn zu heben, aber er war zu mächtig für dich, du hast versucht, ihn umzudrehen, aber du konntest ihn nicht bewegen, du hast ihn zu meinen Füßen niedergelegt, und ich habe ihn mit dir wetteifern lassen, und du hast ihn geliebt und als Frau umarmt."

"Es wird ein mächtiger Mann zu dir kommen, ein Kamerad, der seinen Freund rettet - er ist der Mächtigste im Land, er ist der Stärkste, seine Kraft ist mächtig wie die

Burg von Anu!
Du hast ihn geliebt und ihn zur Frau genommen, und er ist
es, der dich immer wieder retten wird.
Dein Traum ist gut und verheißungsvoll!"

Ein zweites Mal sagte Gilgamesch zu seiner Mutter: "Mutter, ich habe wieder geträumt:

"An der Tür meines Ehegemachs lag eine Axt, und das
Volk hatte sich um sie versammelt.
Das ganze Land Uruk stand um sie herum, das ganze Land
hatte sich um sie versammelt, das Volk drängte sich um sie
herum.

Ich habe sie dir zu Füßen gelegt, ich habe sie geliebt und
sie zur Frau genommen, und du hast sie mit mir wetteifern
lassen."

Rimat-Ninsun, die Mutter Gilgameschs, die weise, allwissend ist, sprach zu ihrem Sohn:

"Die Axt, die du gesehen hast, ist ein Mensch, den du
liebst und als Frau umarmst, aber ich werde ihn mit dir
konkurrieren lassen."

Es wird ein mächtiger Mann zu dir kommen, ein Kamerad,
der seinen Freund rettet - ... er ist der Mächtigste im Land,
er ist der Stärkste, ... er ist so mächtig wie die Burg von
Anu!"

Gilgamesch sprach zu seiner Mutter und sagte:
"Auf den Befehl Enlils, des großen Ratgebers, möge es so

geschehen! Möge ich einen Freund und Berater haben! Du hast mir die Träume über ihn gedeutet!"

Nachdem Shamhat Enkidu die Träume von Gilgamesch erzählt hatte, liebten sich die beiden. Die Steppe, aus der er gekommen war, vergaß Enkidu.

Tafel 2
Die Verbrüderung

Enkidu aber war noch nicht wie ein Mensch. Er trug Kleidung wie der Weidegott, aß Gras mit den Gazellen, trank mit den Tieren an den Wasserstellen, löschte seinen Durst mit ihnen wie ein Tier.

Shamhat teilte ihre Kleider mit ihm und brachte ihn zu den Hütten der Hirten. Diese versammelten sich um ihn und wunderten sich:
"Wie sehr gleicht er Gilgamesch - wie groß seine Gestalt ist, hoch aufragend bis zu den Zinnen über der Mauer! Sicherlich ist er in den Bergen geboren; seine Kraft ist so mächtig wie die Burg von Anu!"

Sie stellten Essen vor ihn, sie stellten Bier vor ihn. Enkidu aber wusste nicht, wie man Brot isst, wie man Bier trinkt.

Shamhat sprach zu Enkidu:

„Iss Brot, Enkidu, es gehört zum Leben! Trink das Bier, wie es in der Stadt üblich ist!"

Enkidu aß zum ersten Mal Brot, und er trank Bier, sieben Krüge. Da wurde sein Herz leicht, sein Gesicht strahlte. Er sang und war voller Freude. Sein Körper wurde gesalbt, und er kleidete sich wie ein Mensch. Er wurde ein Mann.

Mit einer Waffe in der Hand zog er los, kämpfte gegen wilde Tiere. Die Hirten freuten sich: ein Beschützer war bei ihnen.

Eines Tages sprach ein Mann zu Enkidu: „Du bist stark wie ein Gott! Warum willst du mit uns leben wie ein Hirte? Geh nach Puerto Uruk – sieh Gilgamesch, den mächtigsten Mann."

Shamhat sagte zu ihm: „Ich zeige dir Uruk mit seiner gewaltigen Mauer, dem Tempel Eanna. Dort wohnt Ishtar, dort lebt Gilgamesch, der Herrscher."

Enkidu war neugierig. Er wollte Gilgamesch sehen und mit ihm ringen.

Als sie sich der Stadt näherten, bewunderten ihn die Leute. Er war so groß, er war so stark. Enkidu sah eine Mann, der eilig voran ging.

„Was hat er, warum eilt er?"

„Ich werde ihn ansprechen!" Shamhat rief dem Mann zu, ging zu ihm hin und sprach mit ihm.

"Junger Mann, wohin hast du es so eilig? Warum dieses anstrengende Tempo?"
Der junge Mann antwortete:

„Man hat mich zu einer Hochzeit eingeladen. Wie es Brauch ist, habe ich köstliche Leckerbissen für die Hochzeit auf der Tafel angehäuft.

Auch für den großmäuligen König von Puerto Uruk, für Gilgamesch, den König. Er wird mit der Braut schlafen. Er zuerst, danach der Ehemann. So ist es von Anu angeordnet. Seit ihre Nabelschnur durchtrennt wurde, ist sie für ihn bestimmt."

Bei der Rede des jungen Mannes errötete Enkidus Gesicht vor Zorn. Er ging voran und Shamhat folgte ihm. Mächtig schritt er die Straße von Puerto Uruk hinunter.
Als er den Markt betrat versperrten die Leute von Uruk ihm den Weg. Das Volk drängte sich um ihn, die Männer scharten sich um ihn und küssten seine Füße, als wäre er ein Neugeborenes.

Da erscheint ein hübscher junger Mann ...
„Für Ishara ist das Bett bereitet, Gilgamesch gebührt die erste Nacht von jeder Braut."

Da trat Enkidu ihm entgegen, stellte sich in den Weg. Die beiden stießen zusammen, rangen miteinander. Sie kämpften wie zwei wilde Stiere. Die Mauern bebten und die Türpfosten zitterten. Schließlich beugte Gilgamesch sein Knie, den anderen Fuß auf dem Boden – nicht in Niederlage, sondern in Anerkennung.

Enkidu respektierte Gilgameschs Haltung:

"Ninsun hat dich geboren, du bist einzigartig,. Dein Haupt ist erhaben über die anderen Menschen, Enlil hat dir das Königtum über die Menschen bestimmt."

Gilgamesch erhob sich und umarmte Enkidu.

„Du bist wie ich – stark, mutig. Wir sollen Freunde sein."

Sie wurden Gefährten – wie Brüder.

Doch die Mutter von Gilgamesch, Rimat-Ninsun, ging mit ihm in sein Zimmer: "Ich bin wehmütig. Enkidu hat weder Vater noch Mutter, sein struppiges Haar schneidet ihm niemand. Er wurde in der Wüste geboren, niemand hat ihn aufgezogen."

Enkidu stand dabei und hörte ihr Flehen. Er setzte sich hin und weinte, seine Arme fühlten sich schlaff an, seine Kräfte verließen ihn.
Die beiden jungen Männer nahmen sich bei der Hand und saßen beisammen, ihre Hände verschränkt wie Liebende.

„Warum, mein Freund, füllten sich deine Augen mit Tränen?"

Enkidu antwortete Gilgamesch:
„Die Klagen deiner Mutter machten mich kraftlos."

(Es fehlen einige Zeilen, aus denen hervorgehen sollte, warum Gilgamesch in den Zedernwald gehen will. Warum glaubt er, gegen Humbaba kämpfen zu müssen?)

Gilgamesch erklärt:
"Um den Zedernwald zu schützen, hat Enlil den Humbaba eingesetzt. Er ist den Menschen ein Schrecken, sein Brüllen gleicht der großen Flut, sein Mund ist Feuer, und sein Atem ist der Tod! Er kann auf 100 Meilen jedes Rascheln in seinem Wald hören!

Niemand würde es wagen, in seinen Wald zu steigen? Wer in seinen Wald hinabsteigt, der wird gelähmt sein!"

„Und warum, mein Freund, willst du es wagen?Kein Mann hat je einen Kampf gegen Humbaba bestanden."

Doch Gilgamesch entgegnete:

Ich will zu diesem Wald, zu Humbabas Reich. Mit einer Axt und einem Schwert werde ich mich bewaffnen. Du kannst hier bleiben. ich werde losziehen."

Enkidu entgegnete:"Wie willst du in den Zedernwald eindringen? Er wird von Humbaba bewacht. Er ist stark und braucht keinen Schlaf. Er wurde von Enlil dazu bestimmt, die Zedern zu schützen. Steigst du in diesen Wald, wirst du augenblicklich gelähmt sein."

Gilgamesch sprach zu Enkidu:

[In der Standardversion fehlen hier etwa 42 Zeilen; die Zeilen 228-249 sind dem Altbabylonischen entnommen].

"Wer, mein Freund, kann in den Himmel aufsteigen! Nur die Götter können für immer bei Schamasch verweilen.
Was die Menschen betrifft, so sind ihre Tage gezählt, und was sie immer wieder zu erreichen versuchen, ist nur Wind!
Jetzt hast du Angst vor dem Tod.
Was ist aus deiner kühnen Stärke geworden!

Ich werde vor dir hergehen, und dein Mund kann rufen:
'Geh näher heran, fürchte dich nicht!'
Sollte ich fallen, werde ich meinen Ruhm begründet haben.
Man wird sagen:'Es war Gilgamesch, der gegen Humbaba,
dem Schrecklichen, in den Kampf zog.'
Du bist in der Wüste geboren und aufgewachsen, an dir ist
schon ein Löwe hochgesprungen. Du hast alles erlebt!"

[5 Zeilen sind bruchstückhaft]

Ich werde es unternehmen und die Zeder fällen. Ich bin es,
der den Ruhm für die Ewigkeit begründen wird!
Komm, mein Freund, gehen wir zur Schmiede und lassen
die Waffen in unserer Gegenwart gießen!"

Sie hielten sich an der Hand und gingen zur Schmiede. Die
Handwerker diskutierten miteinander, wie sie die Waffen
herstellen sollten. Wie sollten sie die Axt schmieden, wie
schwer sollten die Schwerter sein.

Gilgamesch wandte sich an die weisen Männern von Puerto Uruk:
"Hört mir zu, ihr Männer von Uruk.
Ich will mich mächtiger machen und werde auf eine ge-
fahrvolle Reise gehen! Ich werde mich Kämpfen stellen,
wie ich sie noch nie erlebt habe, ich werde einen Weg einschlagen, den ich noch nie gegangen bin!
Gebt mir euren Segen!
Ich werde zurückkommen und das Stadttor von Puerto
Uruk betreten. Wir werden gemeinsam das Neujahrsfest
feiern. Das Volk wir immer wieder 'Hurra!' rufen."

Aber Enkidu sprach zu den Ältesten: "Sagt ihm, dass er nicht in den Zedernwald gehen darf - die Reise ist nicht zu machen! Humbaba, der Wächter des Zedernwaldes, ist noch von keinem besiegt worden."

Die edlen Räte von Uruk erhoben sich und gaben Gilgamesch ihren Rat:
"Du bist jung, Gilgamesch, dein Herz trägt dich fort, du weißt nicht, wovon du redest!
Humbabas Brüllen ist wie die große Flut, sein Mund ist Feuer, sein Atem der Tod! Er kann jedes Rascheln in seinem Wald 100 Meilen weit hören! Wer würde in seinen Wald hinabsteigen! Sogar von den Igigi-Göttern kann ihm niemand entgegentreten.
Um die Zeder zu schützen, hat Enlil ihn als Schrecken für die Menschen eingesetzt."

Gilgamesch hörte sich die Erklärung seiner edlen Ratgeber an.

[Es fehlen etwa 5 Zeilen am Ende von Tafel 2.]

Vor der Reise

Die Ältesten von Uruk versammelten sich und sprachen zu Gilgamesch:
„Vertraue nicht nur auf deine eigene Kraft, Gilgamesch! Lass deinen Blick wachsam sein, und jeder deiner Schläge soll sein Ziel treffen. Der, der vorausgeht, rettet seinen Gefährten; der, der den Weg kennt, schützt seinen Freund.

Lass Enkidu vor dir gehen – er kennt die Wege des Zedernwaldes. Er hat Kämpfe erlebt, er ist ein Mann der Wildnis. Er wird dich beschützen und deinen Weg sichern."

Sie wandten sich an Enkidu und sagten:
„Wir haben dir unseren König anvertraut – bei deiner Rückkehr gibst du ihn uns heil zurück."

Da sagte Gilgamesch zu Enkidu:
„Komm, mein Freund! Lass uns zum Egalmah-Tempel gehen, zu meiner Mutter Ninsun. Sie ist weise und versteht den Willen der Götter. Sie wird uns raten, was gut ist."

Hand in Hand gingen Gilgamesch und Enkidu zum Große Palast, dem Tempel Ninsuns, der großen Königin.

Gilgamesch trat vor sie und sprach: „Mutter, auch wenn ich stark bin, muss ich auf einen Weg, den ich noch nie gegangen bin. Ich will in den Zedernwald, ich will gegen Humbaba kämpfen – einem Gegner wie kein anderer. Ich will das Land von etwas befreien, das nur Unheil bringt und dem Schamasch ein Dorn im Auge ist. Bitte, bitte tritt für mich ein bei Schamasch, dem Sonnengott, damit er mir auf meiner Reise beisteht."

Ninsun, die Königin, war erschüttert. Sie ging in ihr Wohnräume, wusch sich mit dem heiligen Wasser, legte ein sauberes Gewand an, schmückte sich mit dem, was ihrer Würde entsprach. Dann stieg sie auf das Dach, zündete Weihrauch an und hob die Hände zu Schamasch:

„Warum hast du meinem Sohn ein unruhiges Herz gegeben? Warum treibt es ihn hinaus in den fernen Wald, wo Humbaba lebt? Gib ihm Stärke, wenn er auf seinem Weg ist. Wenn du ihn auf dem Pfad siehst, denke an ihn – sei sein Schutz, wie ein Vater seinem Sohn."

Dann rief sie Enkidu zu sich und sprach:
„Enkidu, du bist nicht aus meinem Schoß geboren, aber ich nehme dich auf wie einen Sohn. Die Priesterinnen, die Tempelfrauen, die heiligen Frauen – alle werden für dich beten.

Ich gebe dir ein Amulett, das dich begleiten soll. Von nun an bist du wie ein Bruder für Gilgamesch."

Die Hohepriesterinnen umgaben Enkidu, und Ninsun sprach:
„Ich habe Enkidu aufgenommen, er ist Gilgameschs Bruder. Wenn ihr gemeinsam zieht, bring mir meinen Sohn heil zurück – sei es nach einem Monat oder nach einem Jahr."

Tafel 4
Die Reise zum Zedernwald

Sie gingen gemeinsam los. Am ersten Tag legten sie zwanzig Meilen zurück und ruhten dann zum Essen. Nach dreißig Meilen machten sie Rast für die Nacht – so schafften sie fünfzig Meilen an einem Tag.

Am dritten Tag kamen sie in die Nähe des Libanon. Sie gruben einen Brunnen mit Blick auf Schamasch, der untergehenden Sonne. Gilgamesch stieg auf einen Berggipfel, streute Mehl als Opfer und sagte:

„Berg, sende mir einen Traum. Gib mir ein gutes Zeichen von Schamasch."

Enkidu bereitete das Lager für die Nacht. Ein starker Wind wehte. Er baute einen Windschutz, breitete eine Decke aus, und Gilgamesch legte sich nieder. Während er das Kinn auf die Knie stützte, überkam ihn der Schlaf.

Mitten in der Nacht fuhr er erschrocken hoch und sagte zu Enkidu:

„Mein Freund, hast du mich gerufen? Hast du mich berührt? Warum bin ich aufgewacht? Warum bin ich so beunruhigt? War ein Gott hier? Meine Glieder zittern."

Gilgamesch berichtete von seinem Traum: „Ein Berg fiel auf uns herab und zerdrückte uns. Ich konnte ihn nicht abwehren."

Enkidu sprach beruhigend: „Dein Traum ist wichtig. Der Berg steht für Humbaba. Das ist ein gutes Zeichen: Wir werden ihn bezwingen."

Am nächsten Tag wiederholte sich der Ablauf: zwanzig Meilen, Essen, dreißig Meilen, Nachtlager, Brunnen, Opfer, Schlaf.

Wieder hatte Gilgamesch einen Traum.
„Dieses Mal kämpfte ich mit einem wilden Stier. Er spaltete den Boden mit seinen Hufen, sein Gebrüll stieß Staub bis zum Himmel. Ich sank vor ihm in die Knie. Da hielt er mich mit seinen Hörnern und gab mir Wasser zu trinken."

Enkidu deutete den Traum:
„Der Stier ist Schamasch, dein Beschützer, und das Wasser gab dir Lugalbanda, dein persönlicher Schutz. Beide werden uns beistehen."

Nach weiteren fünfzig Meilen gruben sie wieder einen Brunnen, Gilgamesch opferte und betete zu Schamasch. Er schlief ein, wachte auf, berichtete von einem weiteren Traum: Der Himmel donnerte, die Erde bebte. Dann wurde es still und dunkel. Feuer regnete vom Himmel, bis alles in Asche versank.

Enkidu deutete auch diesen Traum: „Es ist ein Zeichen für Humbabas Untergang."

In den folgenden Abschnitten fehlen etwa 40 Zeilen im Original (Standardversion). Einige Abschnitte wurden in altbabylonischer Form rekonstruiert.

Schließlich kamen sie zum Zedernwald. Sie gruben einen letzten Brunnen, Gilgamesch opferte erneut, dann kam der vierte Traum. Auch dieser war bedrohlich – doch Enkidu stärkte seinen Mut:„Morgen wird Schamasch dir ein gutes Zeichen geben. Gemeinsam werden wir siegen."

Nach einem weiteren Marschtag, weiteren fünfzig Meilen, kam der fünfte Traum. Gilgamesch wachte wieder auf, seine Muskeln zitterten. Er bat Schamasch im Gebet um Hilfe:

„Du hast mich losziehen lassen – erinnere dich an mich! Steh mir bei gegen Humbaba!"

Und Schamasch antwortete vom Himmel: „Eilt euch! Greift ihn an, bevor er sich rüstet. Er trägt nur eine seiner sieben Rüstungen."

Enkidu sprach zu Gilgamesch: „Wenn wir den Wald betreten, spalten wir den Zedernbaum. Wir lassen uns nicht aufhalten."

Gilgamesch antwortete: „Du bist erfahren. Hab keine Angst. Du musst den Tod nicht fürchten. Nimm meine Hand, wir werden gemeinsam weiter gehen und den Ruhm erringen!"

Sie erreichten den immergrünen Wald und schwiegen. Dann traten sie ein.

Tafel 5
Der Kampf und Humbabas Ende

Sie standen am Rand des Waldes und blickten auf die mächtige Zeder, auf den Eingang des heiligen Hains. Dort, wo Humbaba geht, führt ein Pfad; die Schneisen sind gerade, der Weg ist gut. sichtbar, als wäre er von den Göttern selbst getreten Sie sahen den Zedernberg – die Wohnung der Götter, den Thronsockel des Imini.

Die Zedern auf der anderen Seite des Berges trugen dichtes Laub, ihr Schatten war angenehm. Der Wald war voller Dornensträucher, verwoben wie ein Dickicht, das Licht nur ein Flackern unter den gewaltigen Baumkronen. Zwischen den Zedern wuchsen Buchsbäume. Der ganze Wald war von einer Schlucht umgeben, zwei Meilen lang. Als sie zwei Drittel davon durchquert hatten, bebte der Boden. Humbaba, der Wächter des Waldes, erschien vor ihnen. Er war riesig, sein Gesicht verzerrt, seine Stimme wie Donnergrollen. Er brüllte:

"Was wollt ihr in meinem Wald? Zwei Fremde, die sich gegen mich verbündet haben? Wer seid ihr, dass ihr es wagt, mich herauszufordern?"

Enkidu antwortete: "Wir fürchten dich nicht, Humbaba! Wir sind gekommen, um den Wald zu betreten, und wir werden dich besiegen."

Humbaba lachte verächtlich. "Gilgamesch, warum hörst du auf diesen Wilden? Ich könnte euch beide zerreißen!"

Gilgamesch zögerte – Humbabas Stimme ließ seine Knie
beben. Doch Enkidu rief:
"Jetzt nicht zurückweichen, mein Freund! Du hast ihn herausgefordert – zeig deine Stärke!"

Da begann der Kampf. Die Erde bebte, Bäume splitterten,
Staub wirbelte auf. Humbaba brüllte voller Zorn:
„Einer allein kann mich nicht bezwingen! Doch ihr zwei –
ihr unterstützt euch gegenseitig, wie ein geflochtenes Seil.
'Zweie wie drei', sagt man. Ein solches Band lässt sich
nicht zerreißen. Diese mächtigen Löwenjungen könnten
den Wächter des Waldes niederstrecken!“

Dann sprach er höhnisch:
„Ein Narr und ein Dummkopf beraten sich gegenseitig.
Aber du, Gilgamesch, warum bist du hier? Und du, Enkidu
– du Sohn eines Fisches, der seinen Vater nicht kennt, wie
die Schildkröten, die nie Muttermilch kosten! Ich sah dich
einst in der Wildnis – wäre ich näher gekommen, hätte ich
dich verschlungen. Jetzt bringst du Gilgamesch hierher, in
meine Gegenwart. Ich werde dein Fleisch den Adlern, den
Geiern und den kreischenden Vögeln geben!“

Gilgamesch flüsterte:
„Mein Freund, Humbabas Gesicht verändert sich ständig!“

Enkidu entgegnete:
„Warum klagst du so jämmerlich? Du willst den Sieg –
dann handle! Lass deine Angst nicht Herr werden über
deine Füße. Kehre ihm nicht den Rücken. Schlag zu, härter
denn je!“

Der Boden riss unter ihren Füßen auf. Als sie kreisten und wüteten, spalteten sich der Libanon und der Hermon. Dunkle Wolken zogen auf, und Tod regnete wie Nebel über sie herab.

Da erhob sich Schamasch – er sandte dreizehn Winde gegen Humbaba: Südwind, Nordwind, Ostwind, Westwind, Sturmwind, Frostwind, brennender Wind, pfeifender Wind, dämonischer Wind, Wind aus Simurru, Sandsturm, Wirbelwind, und einen Wind ohne Namen. Sie umkreisten Humbaba und bedeckten sein Gesicht.

Er konnte nicht nach vorn schlagen, nicht nach hinten fliehen – und Gilgamesch war plötzlich nahe genug, um zuzustoßen.

Humbaba flehte um Gnade:
„Gilgamesch, du bist jung, ein Sohn von Rimat-Ninsun. Im Auftrag von Schamasch bist du gekommen. Lass mich leben! Ich will dein Diener sein, für dich Holz schlagen, Paläste bauen. Ich will Zedern für dich hüten, Myrtenholz bewachen – was immer du verlangst."

Doch Enkidu sagte zu Gilgamesch:
„Höre nicht auf ihn! Er versucht dich zu täuschen. Töte ihn jetzt, bevor Enlil erfährt, dass du hier bist! Lass uns einen Namen machen, ein ewiges Denkmal errichten: ‚Hier tötete Gilgamesch den Wächter des Waldes!‘"

Humbaba wandte sich nun an Enkidu:
„Du verstehst das Gesetz des Waldes! Warum richtest du dich gegen mich? Ich hätte dich töten sollen, als du die

Zweige beiseite schobst um den Wald zu betreten. Ich hätte dich hinauftragen und den Geiern überlassen sollen! Aber nun – sei du es, der Mitleid zeigt. Bitte Gilgamesch, mich zu verschonen!"

Doch Enkidu sprach mit kaltem Blick:
„Mein Freund, zerbrich ihn! Zerschlage, vernichte, töte ihn – Humbaba, den Wächter des Waldes!"

Humbaba hörte diese Worte – und verfluchte Enkidu:
„Von euch beiden möge Enkidu nicht länger leben. Möge er an Leben verlieren, bevor Gilgamesch es tut!"

Da hob Gilgamesch das Schwert. Mit einem Schlag trennte er Humbabas Kopf vom Rumpf. Der Wald war still.

Sie fällten Zedernbäume, die schönsten. Sie banden sie zu Flößen. Den Kopf Humbabas nahmen sie mit – als Zeichen ihres Sieges.

Tafel 6
Ishtar

Nachdem sie Humbaba besiegt hatten, wuschen sie sich. Gilgamesch reinigte sein Haar, schüttelte die Locken über den Rücken, warf seine schmutzige Kleidung ab und legte frische Gewänder an. Er hüllte sich in königliche Gewänder und band sich den Gürtel um. Dann setzte er sich die Krone auf.

In diesem Moment erhob die Göttin Ishtar ihren Blick und sah Gilgamesch an – seine Schönheit überwältigte sie. Sie sprach:
„Komm, Gilgamesch, sei mein Gemahl. Schenke mir deine Liebe! Sei mein Mann, ich will deine Frau sein.

Ich lasse dir einen Wagen fertigen aus Lapislazuli und Gold, mit goldenen Rädern und Hörnern aus Elektrum. Gezogen wird er von sturmgeborenen Maultieren aus den Bergen. Komm in mein Haus – es duftet nach Zedernholz.

Wenn du eintrittst, küssen Türpfosten und Thronsockel deine Füße. Könige, Fürsten und Herren werden sich vor dir beugen. Die Völker bringen dir ihre Gaben dar: Früchte aus Bergen und Feldern.

Deine Ziegen werden Drillinge gebären, deine Schafe Zwillinge. Deine Lastesel werden schneller als Maultiere, deine Pferde werden bereit sein zum Sturmritt, deine Axt am Joch wird konkurrenzlos sein."

Doch Gilgamesch antwortete Ishtar:
„Was soll ich dir geben, wenn ich dich heirate? Fehlen dir
Öl oder Kleidung? Mangelt es dir an Speise und Trank?

Ich würde dir Speise geben, wie sie Göttern gebührt, Wein,
wie ihn nur Könige trinken. Doch du bist wie ein Ofen,
der vereist, wie eine Tür, die weder Wind noch Sturm ab-
hält. Wie ein Palast, der seine Krieger zerschmettert.

Du bist wie ein Elefant, der sein eigenes Dach zerstört, wie
Pech, das die Hände schwärzt, wie ein Weinschlauch, der
seinen Träger durchnässt, wie Kalkstein, der Mauern bricht,
wie ein Rammbock, der den Feind anlockt, wie ein Schuh, der
den Fuß seines Trägers beißt.

Wo sind deine ehemaligen Liebhaber? Wo ist Dumuzi, den
du beweint hast – Jahr für Jahr?

Du liebtest den bunten Hirtenvogel – doch du zerschlugst
ihm die Flügel. Jetzt ruft er im Wald: ‚Mein Flügel!‘ Du
liebtest den Löwen – doch du gruben ihm sieben Gruben.
Den prächtigen Hengst – du hast ihm Peitsche und Zügel
bestimmt, ihn zum endlosen Galopp verdammt und seiner
Mutter ewige Klage auferlegt.

Du liebtest den Hirten, der dir täglich frisches Brot brachte und ein Zicklein schlachtete – doch du verwandeltest
ihn in einen Wolf, den seine Herde nun jagt.

Du liebtest den Gärtner Ishullanu, der dir Datteln brachte
und deinen Tisch schmückte – und als er sich dir verwei-

gerte, verwandeltest du ihn in einen Zwerg, verbannt in die Gärten, fern von allem Leben.

Und nun – jetzt liebst du mich? Nein, ich kenne dein Spiel!"

Ishtar stieg wütend zum Himmel hinauf, zu ihrem Vater Anu und ihrer Mutter Antu. Weinend klagte sie: „Gilgamesch hat mich beleidigt, meine früheren Taten verflucht, meine Namen beschmutzt!"

Anu sprach: „Warst nicht du es, die ihn herausgefordert hat? Kein Wunder, dass er dich abweist."

Ishtar schrie: „Gib mir den Himmelsstier! Ich will ihn auf Gilgamesch hetzen. Wenn du es nicht tust, werde ich die Tore der Unterwelt zerbrechen, die Toten emporsteigen lassen – sie werden die Lebenden auffressen, die Welt überfluten!"

Anu antwortete: „Wenn ich dir den Stier gebe, wird das Land sieben Jahre Dürre erleiden. Hast du Vorräte angelegt?"

Ishtar antwortete: „Ich habe Getreide gesammelt, Gras für das Vieh. Ich bin vorbereitet."

Da gab Anu ihr das Seil des Stiers in die Hand. Ishtar führte den Himmelsstier auf die Erde. Als er Puerto Uruk erreichte, trampelte er dreimal:

Beim ersten Mal verschlang die Erde hundert Männer. Beim zweiten Mal zweihundert. Beim dritten Mal fiel Enkidu bis zur Hüfte in einen Spalt – doch er sprang heraus und packte den Stier bei den Hörnern.

Der Stier schnaubte Speichel, sein Schwanz schleuderte Dung. Enkidu sagte zu Gilgamesch:
„Greif ihn an – zwischen Nacken und Hörner! Ich halte ihn, du führst den tödlichen Stoß."

Gilgamesch stieß mit dem Schwert zu. Gemeinsam töteten sie den Himmelsstier. Sie entnahmen sein Herz und opferten es Schamasch. Dann setzten sich die beiden erschöpft nieder.

Ishtar stieg auf die Mauer von Puerto Uruk und klagte laut:
„Weh über Gilgamesch, der mich beschimpft und den Himmelsstier tötete!"

Da riss Enkidu dem Stier das Hinterteil ab und schleuderte es Ishtar ins Gesicht:
„Käme ich an dich heran, ich würde es mit dir genauso machen!"

Ishtar rief ihre Priesterinnen, Huren und Sängerinnen – sie trauerten über das Hinterteil des Stiers.

Gilgamesch ließ die Handwerker kommen. Sie bestaunten die Hörner: gefertigt aus je 30 Minen Lapislazuli, zwei Finger dick, fassend sechs Kannen Öl. Er weihte sie seinem Gott Lugalbanda und ließ sie im Heiligtum aufhängen.

Dann wuschen sich Gilgamesch und Enkidu im Euphrat, gingen Hand in Hand durch die Straßen Puerto Uruks. Die Leute versammelten sich, jubelten ihnen zu. Gilgamesch rief:

„Wer ist der Stärkste unter den Männern? Wer der Mutigste? Gilgamesch ist der Mutigste, der Stärkste! Und Ishtar – sie wird niemanden finden, der sie liebt."

Er veranstaltete ein Fest im Palast. Die jungen Männer schliefen auf den Ruhelagern. Auch Enkidu schlief – und hatte einen Traum.

Tafel 7
Enkidos Tod

„Mein Freund", sagte Enkidu, „warum beraten sich die großen Götter? Ich sah in meinem Traum Anu, Enlil und Schamasch im Rat. Und Anu sprach zu Enlil:
‚Weil sie den Himmelsstier getötet haben und auch Humbaba, den Hüter des Zedernwaldes, muss einer von ihnen sterben – der, der den Zedernbaum entwurzelte!'

Enlil sprach: ‚Enkidu soll sterben – Gilgamesch nicht.'

Da erwiderte Schamasch dem mächtigen Enlil: ‚War es nicht auf mein Geheiß, dass sie den Himmelsstier töteten und Humbaba erschlugen? Sollte nun der schuldlose Enkidu sterben?'

Enlil wurde zornig über Schamasch: ‚Du bist schuld! Du bist mit ihnen gezogen, Tag für Tag, als ihr Gefährte!'"

Enkidu lag krank vor Gilgamesch. Tränen rannen über Gilgameschs Gesicht wie Wasserkanäle. Und er sprach:
„Bruder, mein lieber Bruder – warum verschonen sie mich und nicht dich?"

Enkidu antwortete: „Nun also soll ich ein Geist werden. Ich muss bei den Toten sitzen. Ich werde dich, meinen Freund, nie wiedersehen. Im Zedernwald, wo die großen Götter wohnen, habe ich doch nicht einmal den Baum gefällt."

Dann wandte er sich an die Tür aus Zedernholz, die er einst selbst für den Tempel gefertigt hatte:

„Du törichte Tür! Ich wählte dein Holz aus zehn Meilen Entfernung, hob dich selbst, gestaltete dich – und nun? Wäre ich nie auf dich gestoßen, hätte ich dich mit der Axt zerschlagen! Siebzig Ellen warst du hoch, vierzehn Ellen breit, eine Elle dick. Doch hätte ich gewusst, wie du mir danken würdest – ich hätte dich verbrannt!"

Gilgamesch hörte die bitteren Worte seines Freundes, seine Tränen flossen. Er sprach zu Enkidu:

„Du bist weise, mein Freund, und doch sprichst du Unbedachtes. Deine Träume, so furchteinflößend sie sind, sind bedeutungsvoll. Den Lebenden bringen sie Kummer. Ich will für dich beten – zu den großen Göttern, zu deinem Schutzgeist. Ich werde eine Statue aus purem Gold von dir fertigen, damit du nicht vergessen wirst. Doch was Enlil bestimmt hat, kann nicht rückgängig gemacht werden."

Beim ersten Licht des Tages erhob Enkidu den Kopf und rief zu Schamasch:
„Schamasch, höre mich! Wegen dieses Fallenstellers, der mich zur Stadt führte, bin ich dem Tod geweiht. Möge er keinen Lohn erhalten, möge er Hunger leiden! Möge er vom Lohn nur Dunst sehen!"

Dann verfluchte er die Tempelhure Shamhat:
„Komm her, du Hure, ich bestimme dein Schicksal – auf ewig! Möge dein Schoß verschmutzt sein, deine Schönheit vergeudet. Mögest du kein Zuhause finden, keine Kinder

haben. Möge man dich mit Bierresten besudeln, ein Betrunkener deine Kleider mit Erbrochenem beschmutzen. Möge der Richter dich meiden, möge Silber nie dein Haus betreten, möge dein Platz am Stadttor oder an der Mauer im Schatten sein. Möge Dornengestrüpp deine Füße zerkratzen, der Nüchterne und der Betrunkene dir ins Gesicht schlagen. Mögen Eulen in den Rissen deiner Wand nisten."

Als Schamasch das hörte, rief er vom Himmel:
„Enkidu, warum verfluchst du Shamhat? Sie gab dir Brot, wie es Göttern gebührt, Wein, wie ihn Könige trinken. Sie kleidete dich, führte dich zu Gilgamesch. Jetzt ist er dein Bruder und wird dich ehren – auf einem Ehrenlager wirst du liegen, dein Platz wird bei ihm sein. Uruk wird um dich trauern, und Gilgamesch wird sich deinetwegen in Trauer hüllen, wird in Tierfelle gekleidet umherirren."

Da beruhigte sich Enkidus Herz. Er sprach zur Hure:
„Komm, Shamhat, ich will dich segnen. Mögest du von Fürsten geliebt sein. Möge der Soldat sein Gold für dich geben, möge er dir Edelsteine und Schmuck schenken, möge die Mutter von sieben Kindern ihretwegen verlassen werden."

Doch Enkidu lag allein. Er sprach alles aus, was ihn quälte:
„Mein Freund, hör meinen Traum: Der Himmel brüllte, die Erde antwortete. Ein Wesen mit Löwenpranken und Adlerklauen ergriff mich. Ich schlug es, doch es war wie Rauch. Es warf mich wie ein Floss um, zertrat mich wie ein Stier. Es verwandelte mich in einen Vogel – meine Arme waren Federn. Es führte mich hinab in das Haus des

Staubs, zur Irkalla. In das Haus, aus dem keiner zurückkehrt, in das Land ohne Licht.

Dort trinken die Toten Staub, sie essen Ton. Sie tragen Federkleider wie Vögel, und Finsternis ist ihr einziger Begleiter. Der Türflügel war mit Staub bedeckt.

In diesem Haus sah ich Kronenträger, die einst Könige waren. Jetzt dienten sie Anu und Enlil – sie reichten Fleisch und Wasser. Ich sah Priester und Sänger, Geweihte und Wahrsager. Ich sah Etana, ich sah Sumukan. Ich sah Ereschkigal, die Herrin der Unterwelt. Vor ihr kniete Beletseri, die Schreiberin, und las aus der Tafel mein Schicksal vor.

Sie hob den Kopf: ,Wer hat diesen Mann gebracht?'"

[Hinweis: ca. 50 Zeilen fehlen an dieser Stelle.]

„Ich, der ich mit dir alle Strapazen durchstand – vergiss mich nicht."

Der Tag, an dem er den Traum hatte, endete. Enkidu wurde krank. Einen Tag, zwei Tage, drei, vier, fünf, sechs, sieben – er lag im Bett. Am achten, neunten, zehnten Tag wurde es schlimmer.

Er erhob sich und rief Gilgamesch:
„Mein Freund hasst mich! In Uruk sprach er noch mit mir, doch nun – nun lässt er mich allein. Er, der mich in der Schlacht gerettet hat – jetzt ist er fern."

[Etwa 20 Zeilen fehlen.]

Sein Stöhnen weckte Gilgamesch. Wie eine Taube klagte er. „O, möge ihm der Tod erspart bleiben ...“

„Ich will um ihn trauern ... an seiner Seite bleiben ...“

Tafel 8
Gilgameschs Trauer

Gerade als der Tag zu dämmern begann, sprach Gilgamesch zu seinem toten Freund:

„Enkidu, deine Mutter war eine Gazelle, dein Vater ein Wildesel – vier Wildesel säugten dich mit ihrer Milch, und die Herden lehrten dich die Weidegründe. Die Wege, die du in den Zedernwald nahmst, mögen dich nun beweinen, Tag und Nacht, ohne zu schweigen.

Die Ältesten der weiten Stadt Puerto Uruk sollen um dich trauern. Die Völker, die uns gesegnet haben, sollen dich betrauern. Die Männer der Berge und Hügel, sie alle sollen dich beklagen.

Die Weiden sollen weinen wie deine Mutter. Die Zypresse und die Zedern, die wir in unserem Zorn fällten, sollen um dich trauern.

Der Bär, der Hyäne, der Panther, der Tiger, der Wasserbüffel, der Schakal, der Löwe, der Wildstier, der Hirsch, der Steinbock – alle Tiere der Steppe sollen dich beweinen.

Der heilige Fluss Ulaja, an dessen Ufern wir wandelten, soll dich beweinen. Der reine Euphrat, dem wir Wasser darbrachten, soll dich betrauern.

Die Männer von Uruk, die uns sahen, als wir den Himmelsstier töteten, sollen dich betrauern. Der Bauer, der deinen Namen in seinem Arbeitslied lobte, soll dich beklagen. Der Hirte, der dir Butter und leichtes Bier brachte, soll dich vermissen.

Die, die dein Haar mit Salben pflegten, die dein Bier einschenkten, die Hure, mit der du dich mit Öl einriebest und Wohlgefühl empfandest – sie alle sollen um dich weinen.

Die Frau, die dir einen Ring anlegte, soll um dich weinen. Die Brüder sollen klagen wie Schwestern, und die Klagepriester sich das Haar abschneiden für dich.

Enkidu, deine Eltern leben in der Wildnis – ich aber bin hier und trauere um dich. Höret mich, Älteste von Puerto Uruk, höret mich, Männer! Ich klage um Enkidu, meinen Freund! Ich heule wie ein trauernder Mann.

Du warst meine Axt an der Seite, mein treues Schwert an der Hüfte, mein Schild vor mir. Du warst mein Prunkgewand und mein Festgürtel.

Ein böser Dämon hat dich mir genommen! Enkidu, mein Freund, das schnelle Maultier, der wilde Esel der Berge, der Panther der Steppe – wir zogen gemeinsam auf den Berg, wir töteten den Himmelsstier, wir überwältigten Humbaba.

Doch was ist das für ein Schlaf, der dich jetzt befallen hat? Du bist dunkel geworden, hörst mich nicht mehr."

Gilgamesch berührte Enkidus Herz – es schlug nicht mehr. Er bedeckte das Gesicht seines Freundes wie das einer

Braut, warf sich wie ein Adler über ihn, ging auf und ab wie eine Löwin, der man das Junge genommen hat.

Er schnitt sich die Locken ab, warf sie zu Boden, riss sich den Schmuck vom Leib und verfluchte ihn.

Als der Morgen dämmerte, rief er Handwerker herbei: „Ihr Schmiede, Juweliere, Erzgießer, Goldschmiede – fertigt ein Abbild meines Freundes! Sein Gesicht soll sein wie lebendig. Seine Brust aus Lapislazuli, seine Haut aus Gold."

[Hinweis: etwa 10 Zeilen fehlen.]

„Ich ließ dich ruhen auf dem großen Lager, dem Lager der Ehre. Ich ließ dich auf dem Ehrenplatz sitzen – zur Linken, wo die Fürsten der Welt dir zu Füßen fielen.

Ich ließ ganz Puerto Uruk um dich weinen, das fröhliche Volk in Trauer versinken. Nach deinem Tod ließ ich mein Haar ungepflegt wachsen, zog das Fell des Löwen an und irrte durch die Wildnis."

[Hinweis: rund 85 Zeilen fehlen. Es folgt ein Opferritual.]

Gilgamesch öffnete eine Truhe aus Sissooholz. Eine Karneolschale füllte er mit Honig, eine aus Lapislazuli mit Butter. Er legte die Opfergaben nieder – als Gabe für Schamasch.

[Letzte Kolumne fehlt: ca. 40–50 Zeilen.]

Tafel 9
Die zweite Reise

Über Enkidu, seinen toten Freund, weinte Gilgamesch bitterlich. Er streifte umher in der Wildnis und rief:

„Ich werde sterben – bin ich denn nicht wie Enkidu? Tiefe Trauer erfüllt mein Herz, Furcht vor dem Tod treibt mich hinaus in die Wildnis!

Ich werde mich auf den Weg machen zu Utnapischtim, dem Sohn des Ubartutu, mit aller Eile will ich ihn erreichen!“

Als er bei Einbruch der Nacht durch die Gebirgspässe kam, sah er Löwen – und er fürchtete sich. Er hob den Kopf, betete zu Sin, zur großen Göttin der Götter schickte er seine Bitten: „Bewahre mich vor dem Bösen!“

In der Nacht schlief er, doch fuhr aus einem Traum hoch: Ein Krieger erschien, genoss das Leben, hob seine Axt, zog den Dolch aus der Scheide, und stürzte wie ein Pfeil mitten hinein. Er traf – und zerstreute sie.

[Hinweis: 26 Zeilen fehlen hier, die den Beginn seiner Reise schildern.]

Die Skorpionmenschen

Er erreichte schließlich den Berg Maschu, der Tag für Tag den Auf- und Untergang der Sonne bewacht, über dessen Gipfel nur das Himmelsgewölbe hinausragt, und dessen Flanken bis zur Unterwelt reichen.

Am Tor des Berges standen Skorpionmenschen Wache. Ihr Anblick flößt schreckliche Angst ein, der Blick allein bedeutet Tod. Ihr furchtbarer Glanz überzieht die Berge. Beim Sonnenaufgang und -untergang bewachen sie die Sonne.

Als Gilgamesch sie sah, wurde sein Gesicht bleich vor Furcht, doch fasste er Mut und trat näher.

Der männliche Skorpion sprach zu der weiblichen: „Der da kommt – sein Leib besteht aus göttlichem Fleisch!" Sie antwortete: „Nur zu zwei Dritteln ist er Gott, ein Drittel ist er Mensch."

Der männliche Skorpion fragte: „Warum bist du so weit gereist? Warum bist du zu uns gekommen, über Flüsse, die kaum zu überqueren sind? Sag mir – wer bist du? Was ist dein Ziel?"

[Hinweis: 16 Zeilen fehlen. Der Text setzt wieder mit Gilgameschs Antwort ein.]

„Ich bin gekommen wegen meines Ahnherrn Utnapischtim, der in die Versammlung der Götter aufgenommen wurde und ewiges Leben erhielt. Ich muss ihn fragen nach Tod und Leben!"

Der Skorpion sprach zu Gilgamesch:

„Noch nie hat ein Mensch das getan. Niemand hat die Berge durchquert. Zwölf Meilen ist der Weg in völliger Dunkelheit – dicht ist das Dunkel, Licht gibt es keines. Weder was vor dir liegt noch was hinter dir ist, wirst du sehen."

„Trotz Kälte oder Hitze, trotz Atemnot und Schmerzen will ich weitergehen. Öffne das Tor für mich!"

Der Skorpion sprach zu Gilgamesch:

„Geh nur, Gilgamesch, fürchte dich nicht! Die Maschu-Berge gebe ich dir frei – du darfst sie durchqueren. Mögest du sicher wandeln, deine Füße dich tragen. Das Tor steht offen für dich."

Als Gilgamesch das hörte, folgte er dem Rat des Skorpions. Er betrat die Straße der Sonne.

Die Reise durch den dunklen Tunnel

Eine Meile ging er – dichtes Dunkel, kein Licht. Er sah nicht, was vor ihm lag, noch was hinter ihm war. Zwei Meilen – völlige Dunkelheit. Kein Licht. Drei, vier, fünf Meilen – nichts als Dunkel, Lichtlosigkeit.

Sechs, sieben Meilen – und immer noch kein Licht. Acht Meilen – er schrie auf. Neun Meilen – der Nordwind streifte sein Gesicht, aber noch immer herrschte Finsternis.

Zehn Meilen – er spürte: das Ende ist nahe. Elf Meilen – er trat hinaus vor die aufgehende Sonne. Zwölf Meilen – Licht strahlte ihm entgegen.

Der Garten der Götter

[Hinweis: ca. 25 Zeilen fehlen, die den Garten beschreiben.]

Er sah einen Garten mit Bäumen, deren Laub aus Lapislazuli bestand, die Früchte trugen – ein Anblick voller Freude.

Zedern ...   Achate ...

Korallen des Meeres ... Lapislazuli wie Dornen und Ranken ... Karfunkelsteine, Rubine, Hämatit ... Smaragde wie Blätter ...

Er ging weiter durch diesen Garten der Edelsteine – und hob den Blick ...

Tafel 10
Der Fährmann

Am Ende seiner Reise erreichte Gilgamesch das Meer. Dort lebte Siduri, die Wirtin, am Rand der Welt, wo der Himmel auf das Wasser trifft. Ihr gehörte ein goldenes Gärgefäß, ihr Braupodest war kunstvoll gearbeitet. Sie war mit einem Schleier verhüllt.

Gilgamesch wanderte umher, trug das Fell eines Tieres, in seinem Körper das Fleisch der Götter, aber in seinem Herzen – tiefe Trauer. Er sah aus wie jemand, der eine sehr lange Reise hinter sich hat.

Siduri sah ihn aus der Ferne. Sie sagte bei sich: „Der dort – ein Mörder vielleicht? Wohin geht er?"

Als Gilgamesch näher kam, verriegelte sie schnell ihre Tür, legte den Riegel vor und verschloss das Tor. Der Lärm ließ Gilgamesch aufhorchen. Er hob das Kinn, sah die Frau und rief:
„Wirtin, warum hast du deine Tür verriegelt, das Tor geschlossen? Wenn du mich nicht einlässt, werde ich es einschlagen!"

Siduri aber erkannte ihn nun und fragte:
„Bist du Gilgamesch, der den Wächter tötete, Humbaba erschlug, der den Himmelsstier niederstreckte und Löwen in den Pässen der Berge erschlug?
Warum aber sind deine Wangen eingefallen, dein Blick leer? Warum ist dein Herz so schwer, dein Gesicht so grau?

Warum ist so große Trauer in dir? Warum siehst du aus wie ein Wanderer, gezeichnet von Hitze und Frost?"

Gilgamesch antwortete:
„Warum sollte ich nicht so aussehen? Mein Freund, Enkidu, der Panther der Steppe, ist tot. Er, mit dem ich alles teilte – wir zogen zusammen gegen Humbaba, wir kämpften gegen den Himmelsstier.
Sechs Tage und sieben Nächte weinte ich um ihn, ich ließ ihn nicht bestatten, bis ein Wurm aus seiner Nase fiel. Da packte mich die Angst vor dem Tod – und ich floh in die Wildnis.
Ich kann nicht schweigen. Mein Freund wurde zu Ton. Werde ich nicht auch so enden? Werde ich niederliegen und nie wieder aufstehen?
Darum frage ich dich, Wirtin: Wie gelange ich zu Utnapischtim, dem Fernen? Zeig mir den Weg – gib mir ein Zeichen! Wenn es geht, will ich das Meer überqueren. Wenn nicht, kehre ich um."

Siduri sprach:
„Gilgamesch, es gab noch nie einen Pfad über das Meer. Seit alten Zeiten hat niemand es durchquert. Nur Schamasch, der Sonnengott, kann es überfliegen. Das Meer ist gefährlich, seine Wege tückisch. Dazwischen liegen die Wasser des Todes.
Aber dort im Wald ist Urshanabi, der Fährmann Utnapischtims. Bei ihm sind die ‚Steinwesen'. Geh zu ihm. Wenn er dich mitnimmt – gut. Wenn nicht, kehr zurück."

Gilgamesch ging zu Urshanabi. Als er die ‚Steinwesen‘ sah, zerstörte er sie. Urshanabi hörte den Lärm und eilte herbei. Er sah, was Gilgamesch getan hatte, und fragte:

„Warum hast du die ‚Steinwesen‘ zerstört? Sie waren nötig für die Überfahrt! Doch nun – wer bist du, dass du so verwüstest?“

Gilgamesch sprach:
„Ich bin Gilgamesch. Mein Freund Enkidu ist tot. Ich fürchte den Tod – und suche Utnapischtim, den Ewigen. Sag mir den Weg.“

Urshanabi antwortete:
„Die ‚Steinwesen‘ hast du zerstört. Ihre Seile hast du zerrissen. Du hast die Überfahrt unmöglich gemacht. Aber es gibt eine andere Möglichkeit:
Geh in den Wald, fälle 300 Ruderstangen, jede 60 Ellen lang. Schäle sie, versehe sie mit Spitzen und bring sie her.“

Gilgamesch tat wie befohlen. Mit Axt und Dolch ging er, schnitt die 300 Stangen, schälte sie, versah sie mit Kappen. Dann bestiegen sie das Boot.

Am dritten Tag erreichten sie die Wasser des Todes.

Urshanabi rief: „Berühre das Wasser nicht! Nimm eine Stange – rühr das Wasser nicht mit der Hand an!“

Er reichte Gilgamesch nacheinander zwölf Stangen, und mit der letzten passierten sie die Wasser des Todes.

Da erblickte Utnapischtim in der Ferne das Boot und sprach:

„Warum sind die Steinwesen zerschlagen? Wer lenkt das Boot? Dieser Mann dort – er gehört nicht zu mir. Wer ist er, der über das Meer kommt?"

Als Gilgamesch ankam, fragte ihn Utnapischtim:
„Warum ist dein Gesicht eingefallen, deine Augen stumpf? Warum ist dein Herz so schwer, deine Haut verbrannt von Hitze und Frost?"

Gilgamesch antwortete:
„Warum sollte ich nicht so aussehen? Enkidu, mein Freund, ist tot. Wir kämpften gemeinsam, er war mein Bruder. Sechs Tage und sieben Nächte weinte ich. Ich ließ ihn nicht bestatten, bis ein Wurm aus seiner Nase fiel. Da packte mich die Angst vor dem Tod.
Ich irrte umher, suchte Utnapischtim, den man ‚den Fernen' nennt. Ich fürchte zu sterben wie mein Freund."

Er berichtete von seiner langen Reise, von all den Gefahren.

Utnapischtim sprach:
„Warum suchst du, Gilgamesch, nach dem, was keinem Menschen bestimmt ist? Die Götter schufen den Menschen, aber Leben für ewig gaben sie ihm nicht. Du hast dich abgemüht – wofür? Du hast dich verzehrt vor Trauer, doch das Leben ist begrenzt.
Keiner sieht den Tod, keiner hört seine Stimme. Der Tod fällt über uns wie ein Wind.

Wie lange bauen wir Häuser? Wie lange halten Verträge?
Wie lange teilen Brüder das Erbe? Wie lange gibt es Feind-
schaft? Wie lange steigen die Flüsse und bringen Über-
schwemmung?
Nichts ist von Dauer. Die Schlafenden und die Toten sind
sich gleich. Der Tod hat kein Gesicht. Du, Gilgamesch,
bist Mensch – und dein Ende steht fest.
Als die Götter Leben und Tod bestimmten, hielten sie den
Tod geheim.“

Tafel 11
Ewiges Leben

Gilgamesch sprach zu Utnapischtim: „Ich sehe dich an – du bist nicht anders als ich. Du bist kein Gott. Du bist kein Riese. Und doch hast du ewiges Leben empfangen? Wie ist das möglich?
Ich reiste weit, erschöpfte meinen Körper, aber das Leben fand ich nicht."

Da sprach Utnapischtim:
„Ich will dir ein Geheimnis offenbaren, Gilgamesch, etwas Verborgenes will ich dir sagen:
Einst lebte ich in Shuruppak, einer alten Stadt am Euphrat. Die Götter dort waren groß, doch sie beschlossen, eine Flut über die Welt zu bringen. Enki, der Gott der Weisheit, warnte mich:

‚Zerstöre dein Haus, bau ein Schiff! Lass Gut und Leben in das Boot bringen. Miss nichts ab, wiege nichts – nimm alles Lebendige mit.'

Ich gehorchte. Ich baute das Schiff, sieben Decks hoch. Ich rief meine Familie, Handwerker, Tiere aller Art.

Als der siebte Tag kam, war alles bereit. Dunkle Wolken stiegen am Horizont auf. Die Götter erschraken selbst vor ihrer eigenen Tat. Die Flut kam – unaufhaltsam.

Sie überzog das Land. Niemand konnte sie aufhalten. Selbst die Götter flohen. Sechs Tage und sieben Nächte tobte die Flut. Am siebten Tag war das Wasser still. Ich öffnete ein Fenster – alles war Tod.

Ich weinte. Dann landete das Schiff auf dem Berg Nisir. Dort blieb es sechs Tage lang. Am siebten Tag ließ ich eine Taube fliegen – sie fand kein Land. Dann eine Schwalbe – auch sie kehrte zurück. Schließlich schickte ich einen Raben – er kam nicht wieder.

Da ließ ich alle hinaus. Ich brachte ein Opfer. Die Götter rochen den Duft und kamen wie Fliegen. Enlil war zornig, doch Enki sprach:
‚Enlil, warum zerstörtest du alle? Nicht alle Menschen sind schuld!‘

Enlil segnete mich und meine Frau. Wir wurden verwandelt. Sie ließen uns wohnen jenseits der Wasser, fern vom Tod."

Gilgamesch sprach:
„Ich habe diese Geschichte gehört – gib mir nun das Leben, wie du es empfingst!"

Doch Utnapischtim sagte:
„Prüf dich, Gilgamesch: Wenn du sieben Nächte wach bleibst, wirst du verstehen, was es heißt, dem Tod zu trotzen."

Gilgamesch setzte sich – doch kaum hatte er sich niedergelegt, da überkam ihn der Schlaf. Utnapischtim sagte zu seiner Frau:

„Sieh – er schläft, obwohl er den Tod bezwingen will. Backe ihm jeden Tag ein Brot, leg es neben seinen Kopf."

Sie tat es. Am ersten Tag war das Brot frisch, am zweiten hart, am dritten verschimmelt, am vierten steinhart, am fünften voller Schimmel, am sechsten fast aufgelöst, am siebten – zerfallen.

Utnapischtim weckte Gilgamesch:
„Sieben Tage hast du geschlafen! Du konntest nicht einmal den Schlaf bezwingen – wie willst du dem Tod entkommen?"

Gilgamesch schwieg. Utnapischtim sprach zu Urshanabi:
„Was soll ich tun mit ihm? Nimm ihn mit, reinige ihn, gib ihm frische Kleidung. Lass ihn wie ein König zurückkehren."

Gilgamesch bereitete sich zur Heimkehr vor. Da sprach Utnapischtims Frau:
„Wenn er schon nicht das ewige Leben empfängt, so gib ihm wenigstens ein Geschenk."

Utnapischtim sagte:
„Gilgamesch, es gibt eine Pflanze, tief im Meer. Sie hat Dornen wie eine Rose. Wer sie isst, wird jung."

Gilgamesch band Steine an seine Füße, stieg hinab, fand die Pflanze und nahm sie. Er sagte zu Urshanabi:
„Ich werde sie nach Puerto Uruk bringen und einem Alten geben – wenn er wieder jung wird, werde ich sie selbst essen."

Auf dem Rückweg rasteten sie. Gilgamesch badete. Da kam eine Schlange, roch den Duft der Pflanze, fraß sie – und verlor ihre alte Haut.

Gilgamesch saß nieder und weinte:
„Wofür, Urshanabi? Ich habe nichts gewonnen. Die Flut hat mir ein Geheimnis gebracht – und der Tod hat es mir geraubt."

Sie gingen weiter. Als sie Uruk erreichten, sprach Gilgamesch: „Sieh die Mauern! Sieh das Fundament! Ist nicht das bleibend, was wir bauen – nicht unser Körper?"

Tafel 12
Das Reich der Toten

[Anmerkung: Diese Tafel gehört nicht direkt zur Haupthandlung des Epos, sondern wirkt wie ein später eingefügter Anhang. Sie scheint in einer anderen Tradition zu stehen und stellt Enkidu, obwohl tot, noch einmal lebendig dar. Inhaltlich ähnelt sie einem Dialog mit der Unterwelt.]

Gilgamesch sprach:
„Wäre doch mein Freund Enkidu wieder bei mir, nur für einen Tag! Ich würde ihn über das Leben der Toten befragen. Ich würde ihn bitten, mir zu erzählen, was er sah. Ich würde erfahren, was in der Unterwelt geschieht."

Er betete zu den Göttern. Enlil antwortete nicht. Sin antwortete nicht. Doch Ea, der weise Gott, hatte Mitleid mit Gilgamesch.

Er sprach zu Nergal, dem Herrn der Unterwelt:
„Öffne eine Spalte in der Erde – lass den Geist von Enkidu aufsteigen."

Ein Riss öffnete sich im Boden, und der Schatten Enkidus stieg empor. Gilgamesch fiel ihm um den Hals und sprach:
„Sag mir, mein Freund – wie ist es in der Unterwelt? Was hast du gesehen?"

Enkidu antwortete:
„Ich will dir sagen, mein Freund, was ich sah: Wer keinen Sohn hat, der ihn ehren kann, liegt in Dunkelheit. Wer einen einzigen Sohn hat, ruht mit Kopf an der Wand. Wer

zwei Söhne hat, sitzt auf zwei Ziegeln. Wer sieben Söhne hat, ruht auf einem Thron und wird wie ein König geehrt.

Ich sah den hohen Priester, den Tempeldiener, den Musiker – alle gingen umher in Schatten und Staub. Ich sah einen Mann, der die Götter verflucht hatte – er fraß seine eigene Zunge. Ich sah einen, der Ehebruch begangen hatte – er war an Pfähle geschlagen. Ich sah einen, der seine Pflicht getan hatte – und in Frieden ruhte.

Die Unterwelt ist ein Ort der Stille, des Staubs, der Vergessenheit. Doch wer von seinen Nachkommen geehrt wird, hat einen besseren Platz."

Gilgamesch hörte dies, und sein Herz war schwer. Er kehrte nach Puerto Uruk zurück – still und nachdenklich.

ENDE

Nachwort

Warum tötet Gilgamesch Humbaba?

Die Tötung Humbabas durch Gilgamesch und Enkidu ist eine der zentralen und zugleich rätselhaftesten Episoden des Gilgamesch-Epos. Humbaba ist nicht einfach ein Ungeheuer oder ein willkürlicher Feind – er ist von Enlil, einem der höchsten Götter, als Wächter des Zedernwaldes eingesetzt worden. Der Zedernwald selbst ist ein heiliger Ort, fern der Welt der Menschen, ein Symbol göttlicher Ordnung und unberührter Natur. Warum also greifen die beiden Helden an? Und warum segnet Schamasch, der Sonnengott, ihr Unternehmen?

Zunächst ist festzuhalten: Das Epos gibt keine eindeutige, moralisch begründete Motivation für die Tötung. Gilgamesch handelt nicht aus Notwehr, nicht zur Verteidigung seines Volkes, sondern aus einem inneren Drang heraus – und aus dem Wunsch, sich einen Namen zu machen. Er sagt sinngemäß: „Ich will zum Zedernwald, ich will den Namen Humbaba auslöschen, damit die Nachwelt von mir spricht." Ruhm ist für ihn gleichbedeutend mit Unsterblichkeit.

Dabei ist Humbaba nicht nur ein Wächter, sondern auch eine Verkörperung der urtümlichen Welt: unzivilisiert, wild, furchteinflößend. Enkidu kennt ihn aus seiner früheren Zeit in der Natur. Er warnt Gilgamesch zuerst – doch dann wird er selbst zum Antreiber. Als Humbaba um Gnade bittet, ist es Enkidu, der Gilgamesch drängt, den Gegner ohne Zögern zu töten. Warum dieser Sinneswandel?

Vielleicht, weil Enkidu ahnt, dass es keinen Frieden geben kann zwischen Zivilisation und Naturgewalt.

Ein weiterer Aspekt ist der göttliche Einfluss. Schamasch, Gott der Sonne und der Gerechtigkeit, steht Gilgamesch zur Seite. Er sendet dreizehn Winde, die Humbaba schwächen. Warum aber unterstützt er die Tötung eines göttlich eingesetzten Wesens? Hier öffnet sich ein möglicher Deutungsraum: Der Zedernwald mag göttlich sein, aber die Ordnung, die Humbaba darin schützt, ist eine alte, starre Ordnung. Gilgamesch steht − wie der Mensch selbst − für Bewegung, Veränderung, Neugier. Die Tötung Humbabas wird somit zum Akt der Grenzüberschreitung, der Menschheit aus dem göttlich vorgegebenen Rahmen heraustreten lässt. Es ist ein Eroberungsakt − kulturell, symbolisch und spirituell.

Doch diese Tat hat Konsequenzen. Die Götter sind erzürnt. Enlil fordert den Tod Enkidus, und das Epos schlägt von der heldenhaften in die existenzielle Richtung um. Gilgamesch muss erkennen: Ruhm ist vergänglich. Selbst der größte Held entgeht dem Tod nicht. Humbabas Tod war der erste Schritt auf dieser Reise der Selbsterkenntnis.

Im Rückblick ist die Tötung Humbabas kein bloßer Sieg − sie ist ein Wendepunkt. Sie markiert den Moment, in dem Gilgamesch beginnt, die Sterblichkeit zu begreifen. Sein Triumph ist auch sein Scheitern. Der Mensch mag gegen Natur und Gott antreten − aber er bleibt sterblich. Und genau daraus entsteht die Größe dieser Geschichte.

Glossar

Personen- und Götterverzeichnis

Hauptfiguren

Gilgamesch

König von Uruk, zu zwei Dritteln göttlich, zu einem Drittel Mensch. Der größte Held Mesopotamiens. Stark, schön, aber herrschsüchtig. Nach dem Tod seines Freundes Enkidu sucht er verzweifelt nach dem ewigen Leben.

Enkidu

Von den Göttern aus Lehm erschaffener wilder Mensch. Wird durch die Tempelhure Shamhat zivilisiert. Wird Gilgameschs engster Freund und Weggefährte. Sein Tod bringt Gilgamesch zur existenziellen Wende.

Utnapischtim

Ein sterblicher Mensch, der von den Göttern Unsterblichkeit erhielt, weil er die große Flut überlebt hatte. Lebt jenseits der Wasser des Todes. Erzählt Gilgamesch die Geschichte der Flut und das Geheimnis der Sterblichkeit.

Shamhat

Tempelhure von Uruk. Verführt Enkidu und führt ihn damit aus der Wildnis in die Welt der Menschen. Ihre Rolle ist ambivalent – sie steht für Kultur, aber auch für den Verlust der Unschuld.

Siduri

Eine weise Wirtin, die am Rand der Welt lebt. Warnt Gilgamesch vor der Suche nach dem ewigen Leben und rät ihm, das Leben zu genießen.

Urshanabi

Fährmann Utnapischtims. Hilft Gilgamesch über das Meer und durch die Wasser des Todes.

Ninsun

Die Mutter Gilgameschs, eine göttliche Kuhgöttin. Sie segnet Enkidu und erklärt ihn zum Sohn. Weise Ratgeberin.

Der Fallensteller

Ein einfacher Mann, der Enkidu entdeckt und den König Gilgamesch informiert. Er bringt Shamhat zu ihm.

Götter und göttliche Wesen

Anu

Göttervater und Himmelsgott. Vater Ishtars. Lässt sich von ihr überreden, den Himmelsstier auf Gilgamesch loszulassen.

Ishtar

Göttin der Liebe, Fruchtbarkeit und des Krieges. Versucht Gilgamesch zu verführen – als er sie abweist, sinnt sie auf Rache und ruft den Himmelsstier.

Schamasch

Sonnengott und Gott der Gerechtigkeit. Unterstützt Gilgamesch mehrfach, etwa mit den dreizehn Winden gegen Humbaba.

Enlil

Gott des Windes, der Macht und der Herrschaft. Schöpfer Humbabas und Gegner Gilgameschs. Verurteilt Enkidu zum Tod.

Ea (Enki)

Gott der Weisheit und der tiefen Wasser. Rettet Utnapischtim durch eine Warnung vor der Sintflut. Mildtätiger Vermittler.

Nergal

Herr der Unterwelt. Öffnet in Tafel 12 die Erde, damit Enkidus Geist erscheinen kann.

Sin

Mondgott. Wird von Gilgamesch angerufen, als er sich nachts in den Bergen fürchtet.

Ereschkigal

Göttin der Unterwelt, Herrscherin über die Toten. Wird von Enkidu in einer Vision gesehen.

Beletseri

Schreiberin der Unterwelt, liest den Verstorbenen ihr Schicksal vor.

Mythische Wesen und Symbole

Humbaba
Furchteinflößender Wächter des Zedernwaldes. Von Enlil
eingesetzt. Wird von Gilgamesch und Enkidu besiegt.

Der Himmelsstier
Mythisches Tier, das Ishtar nach Gilgameschs Zurückwei-
sung herbeiruft. Verursacht Verwüstung in Uruk. Wird von
Gilgamesch und Enkidu getötet.

Die Skorpionmenschen
Wächter der Pforte zum Sonnenpfad durch den Berg Maschu. Lassen Gilgamesch passieren.

Die Wasser des Todes
Grenze zur Welt der Unsterblichen. Wer sie berührt, stirbt.
Nur mit Hilfe von Ruderstangen zu überqueren.

Die Pflanze des Lebens
Wächst auf dem Meeresgrund. Wer sie isst, wird wieder
jung. Gilgamesch findet sie – doch eine Schlange stiehlt sie.

Die Schlange
Stiehlt die Pflanze des Lebens und wird dadurch Symbol
für Erneuerung (sie häutet sich) – aber auch für die vergeb-
liche Hoffnung des Menschen

Anunnaki
Ein Götterkollegium der Unterwelt, oft zuständig für das
Schicksal der Toten. In einigen Überlieferungen auch als
Himmelsgötter bezeichnet. Ihr Urteil ist unumstößlich.

Eanna

Tempelbezirk in Uruk, der der Göttin Ishtar geweiht ist. Bedeutendes religiöses Zentrum mit prachtvoller Architektur.

Karneol

Roter bis orangefarbener Halbedelstein, im Altertum oft für Schmuck und Amulette verwendet. Symbolisiert Kraft und Schutz.

Lapislazuli

Tiefblauer Halbedelstein mit goldfarbenen Einschlüssen (Pyrit). Im Alten Orient ein Symbol für Göttlichkeit, Schönheit und königliche Würde. Kam meist aus Afghanistan.

Maschu (Berg)

Mythischer Zwillingsberg am Rand der Welt. Dort geht die Sonne auf und unter. Der Berg wird von Skorpionmenschen bewacht.

Sissooholz

Ein wertvolles Tropenholz (heute: indisches Palisanderholz), aus dem im Epos u. a. Truhen gefertigt werden. Zeichen von Handwerkskunst und Kostbarkeit.

Steinwesen

Mysteriöse, nicht genau beschriebene Gestalten oder Geräte, die Urshanabi beim Navigieren über das Meer helfen. Ihre Zerstörung durch Gilgamesch gefährdet die Reise.

Unterwelt

Auch: „Haus des Staubs" oder Irkalla. Ort der Toten, finster und trostlos, unabhängig vom Lebenswandel des Einzelnen. Dort kleiden sich alle in Federn, essen Ton und trinken Staub.

Uruk

Stadt in Südmesopotamien, Heimat Gilgameschs. Eine der ältesten bekannten Städte der Welt mit bedeutender Kultur und Architektur.

Zedernwald

Heiliger, göttlich bewachter Wald, vermutlich im heutigen Libanon gelegen. Dort wohnt Humbaba, der von Enlil als Wächter eingesetzt wurde

Capt. Swings Geheime Bibliothek

Ballonspiele   Paperback 72 Seiten 7,95 €
Altes Brot   Paperback 110 Seiten 9,95 €
Das kleine Bruschetta-Buch
      Paperback 96 Seiten 9,95 €
Kosmetik - selbst gemacht
      Paperback 140 Seiten 9,95 €
Die kleine Natron und Backpulver Fibel
      Paperback 72 Seiten 8,50 €
Kürbis Die 50 besten Rezepte
      Paperback 120 Seiten 9,95 €
Latein für Alle   Paperback 70 Seiten 7,95 €
Märchen aus aller Welt - Band 1 Asien
      Paperback 108 Seiten 9,95 €
Das unmögliche Ausmalbuch
      Paperback 110 Seiten 9,95 €
Die 50 besten Streichholz Rätsel
      Paperback 78 Seiten 8,95 €
Yi Jing - Das chinesische Weisheits- und Orakelbuch
      Paperback 88 Seiten 9,95 €
Achtsamkeit - 30 Methoden Dein Leben zu verbessern
      Paperback 78 Seiten 8,95 €
Das LSD Tattoo und andere urbane Legenden
      Paperback 72 Seiten 7,95 €
Salz - Geschichte, Verwendung, Rezepte
      Paperback 100 Seiten 9,95 €
Avocado - 55 geniale Rezepte
      Paperback 136 Seiten 12,- €

„Eine gute Tasse Kaffee" Wieviel Arbeit hinter der Herstellung steckt; warum es besser ist, für weniger Geld als ein Kapsel kostet, exklusiven Kaffee zu trinken und wie unterschiedlich Kaffee bereitet werden kann; das alles erfahren Sie in dem kleinen Buch unseres Autorenteams Melanie Koßmann und Yürgen Oster.

Paperback 128 Seiten 12.- €
ISBN 9 783756 838738

Wozu Latein? Nun, um sich wichtig zu tun? Oder die Wichtigtuer zu verstehen und ihnen vielleicht sogar Kontra geben zu können.
Aber auch in unserem heutigen, modernen Leben tauchen immer wieder lateinische Begriffe auf, sind sozusagen Teil unserer Alltagssprache geworden. Es ist doch gut, diese zu verstehen.

Paperback 70 Seiten 7,95 €
ISBN 9 783755 700265